「创造最有价值的阅读」

"阅读力"指导专家委员会

顾　问： 朱永新

主　任： 曹文轩

成　员：（以姓氏笔画为序）

王土荣	方卫平	朱芒芒	刘克强	杜德林
何立新	张伟忠	张祖庆	周其星	周益民
胡　勤	顾之川	倪文尖	黄华伟	梅子涵
章新其	蒋红森	滕春友		

丛书主编： 曹文轩

本书编写人员： 何陈敏

丛书统筹： 王晓乐

丛书统筹助理： 罗敏波

名著阅读力养成丛书

何其芳诗选

◆ 何其芳 著

浙江文艺出版社
Zhejiang Literature & Art Publishing House

图书在版编目(CIP)数据

何其芳诗选 / 何其芳著. —杭州：浙江文艺出版社，2021.3
(名著阅读力养成丛书)
ISBN 978-7-5339-6453-5

Ⅰ.①何… Ⅱ.①何… Ⅲ.①诗集—中国—当代 Ⅳ.①I227

中国版本图书馆CIP数据核字(2021)第042639号

责任编辑　张　雯
责任印制　张丽敏
装帧设计　吕翡翠
营销编辑　张恩惠

何其芳诗选

何其芳　著

出版发行	浙江文艺出版社
地　　址	杭州市体育场路347号
邮　　编	310006
电　　话	0571-85176953（总编办）
	0571-85152727（市场部）
制　　版	杭州天一图文制作有限公司
印　　刷	杭州富春印务有限公司
开　　本	710毫米×1000毫米　1/16
字　　数	91千字
印　　张	10
插　　页	2
版　　次	2021年3月第1版
印　　次	2021年3月第1次印刷
书　　号	ISBN 978-7-5339-6453-5
定　　价	29.00元

版权所有　　侵权必究
（如有印装质量问题，影响阅读，请与市场部联系调换）

出版说明

阅读不仅关乎个人的素养和语文教育的水平，也关乎整个社会的风尚和文明的品质。从2016年9月起，全国中小学陆续启用了教育部统编语文教材。统编教材特别重视阅读，加强了阅读设计，鼓励学生通过大量阅读来提升语文素养，提高阅读能力和阅读水平。语文学习要建立在广泛的课外阅读的基础上，已经成为越来越多的人的共识。

我社以文学立社，出名著，出精品，几十年来在古典文学、现当代文学、外国文学、儿童文学等领域积累了大量的资源和优秀的版本。从2003年起就陆续推出"语文新课标必读丛书"，为中小学生的名著阅读助力，深受欢迎。随着统编语文教材的使用，我社面向师生做了大量的教材使用调研，多次邀请并集聚读书界、语文教育界、文学界、出版界等领域的专家把脉会诊，群策群力，为中小学生和老师们精心策划、精心编辑，推出了这套"名著阅读力养成丛书"。

这套丛书收录中小学语文课程标准和统编语文教材推荐阅读书目，不仅收录小学"快乐读书吧"和初中"名著导读"中推荐阅读书目，而且配合"1+X"群文阅读设计，收录课文后要求阅读的作家作品，共计百余种，基本满足中小学生的阅读需要。

该丛书由曹文轩先生担纲主编，延请一线教学名师，对入选的每一部作品编写有针对性的阅读指导方案，介绍作家作品和创作特色，提出合理的阅读建议，引导学生进行专题探究，有意识地拓展学生的阅读视野，有选择性地提供阅读检测与评估办法。这样，有步骤地引领学生完成整本书阅读，了解文学、科普等不同类别作品的阅读方法，了解小说、散文、诗歌、戏剧等不同文体的特征，切实有效地提高学生的阅读水平和阅读能力，同时也给老师的教学实践提供一种参照与借鉴。可以说，这套书不仅强调要读什么，更强调应该怎么读。

该丛书在版本选用上精益求精，精挑细选经典权威版本，囊括一批资深翻译家的经典译本，如傅雷译《名人传》《欧也妮·葛朗台》、力冈译《猎人笔记》、卞之琳译《哈姆雷特》等。对于名家选本，追求代表性，或由该领域权威研究者编选，或由作家自己编选。由于"五四"白话文运动的发轫与推进，中国现代文学作品在语体上有着鲜明的用语特色，我们在编校中参阅相关文献对少量字词和标点做了适当的修改，尽可能地保留作品的原貌。

该丛书在设计上充分考虑阅读的舒适感和青少年的用眼卫生，尽可能地采用大号字体、米黄纸张，做到版面疏密有致、图书轻重得宜等。所有这些，旨在推出一套真正面向学生、服务学生的青少年版丛书。

培根说："读书足以怡情，足以傅彩，足以长才。"经典名著的影响力是不可估量的，一本好书能够让一个人终身受益。让我们种下阅读的种子，学会阅读，爱上阅读，在阅读中唤起灵性和兴味；让我们在多姿多彩的阅读的花园里，去领略丰美而自由的天地！

浙江文艺出版社

总　序

曹文轩

　　"新课标"以及根据"新课标"编定的国家统一中小学语文教材，有一个重要的理念：语文学习必须建立在广泛的课外阅读基础之上。

　　语文学科与其他学科的重要区别是：其他一些学科的学习有可能在课堂上就得以完成，而对于语文学科来说，课堂学习只不过是其中的一部分，甚至不是最重要的一部分；语文学习的完成须有广泛而有深度的课外阅读做保证——如果没有这一保证，语文学习就不可能实现既定目标。我在有关语文教育和语文教学的各种场合，曾不止一次地说过：课堂并非是语文教学的唯一所在，语文课堂的空间并非只是教室；语文课本是一座山头，若要攻克这座山头，就必须调集其他山头的力量。而这里所说的其他山头，就是指广泛的课外阅读。一本一本书就是一座一座山头，这些山头屯兵百万，只有调集这些力量，语文课本这座山头才可被攻克。一旦涉及语文，语文老师眼前的情景永远应当是：一本语文课本，是由若干其他书重重包围着的。一个语文老师倘若只是看到一本语文教材，以为这本语文教材就是语文教学的全部，那么，要让学生从真正意义上学好语文，几乎是没有希望的。有些很有经验的语文老师往往采取一种看似有点极端的做法，用很短的时间一气完成一本语文教材的教学，而将其余时间交给学生，全部用于课外阅读，大概也就是基于这一理念。

关于这一点，经过这些年的教学实践，加之深入的理性论证，语文界已经基本形成共识。现在的问题是：这所谓的课外阅读，究竟阅读什么样的书？又怎样进行阅读？在形成"语文学习必须建立在广泛的课外阅读基础之上"这一共识之后，摆在语文教育专家、语文教师和学生面前的却是这样一个让人感到十分困惑的问题。

有关部门，只能确定基本的阅读方向，大致划定一个阅读框架，对阅读何种作品给出一个关于品质的界定，却是无法细化，开出一份地道的足可以供一个学生大量阅读的大书单来的。若要拿出这样一份大书单，使学生有足够的选择空间，既可以让他们阅读到最值得阅读的作品，又可避免因阅读的高度雷同化而导致知识和思维高度雷同化现象的发生，则需要动用读书界、语文教育界、文学界、出版界等领域和行业的联合力量。一向有着清晰领先的思维、宏大而又科学的出版理念，并有强大行动力的浙江文艺出版社，成功地组织了各领域的力量，在一份本就经过时间考验的书单基础上，邀请一流的专家学者、作家、有丰富教学经验的语文老师、阅读推广人，根据"新课标"所确定的阅读任务、阅读方向和阅读梯度，给出了一份高水准的阅读书单，并已开始按照这一书单有步骤地出版。

这些年，我们国家上上下下沉思阅读与国家民族强盛之关系，国家将阅读的意义上升到从未有过的高度，无数具有高度责任感的阅读推广人四处奔走游说，并引领人们如何阅读，有关阅读的重大意义已日益深入人心。事实上，广大中小学的课外阅读已经形成气候,并开始常态化,所谓"书香校园"已比比皆是。现在的问题是:阅读虽然蔚然成风,但阅读生态却并不理想,甚至很不理想。这个被商业化浪潮反复冲击的世界,阅读自然也难以幸免。那些纯粹出于商业目的的写作、阅读推广以及和各种利益直接挂钩的某些机构的阅读书目推荐,造成了阅读的极大混乱。许多中小学生手头上阅读的图书质量低下,阅读精力的投放与阅读收益严重不成比例。更严重的情况是,一些学生因为阅读了这些质量低下的图书,导致了天然语感被破坏,语文能力非但没有得到提高,还不断下降。如果这种情况大面积发生,我们还在毫无反思、毫无警觉地泛泛谈课外阅读对语文学习之意义,就可能事与愿违了。现实迫切需要有一份质量上乘、定位精准、真正能够匹配语文教材的阅读书目以及这些图书的高质量出版。

我们必须回到"经典"这个概念上来。

我们可能首先要回答"经典"这个词从何而来。

人们发现,这个世界上的书越来越多了,特别是到了今天,图书出版的门槛大大降低,加之出版在技术上的高度现代化,一本书的出版与竹简时代、活字印刷时代的所谓出版相比,其容易程度简直无法形容。书的汪洋大海正席卷这个星球。然而,人们很清楚地看到一个根本无法回避的事实,那就是:每一个人的生命长度都是有限的,我们根本不可能去阅读所有的图书。于是一个问题很久之前就被提出来了:怎么样才能在有限的生命过程中读到最值得读的书?人们聪明地想到了一个办法:将一些人——一些读书种子——养起来,让他们专门读书,让读书成为他们的事业和职业,然后由"苦读"的他们转身告诉普通的阅读大众,何为值得将宝贵的生命投入于此的上等图书,何为不值得将生命浪费于此的末流图书或是品质恶劣的图书。通过一代一代人漫长而辛劳的摸索，我们终于把握了那些优秀文字的基本品质。这些被认定的图书又经过时间之流的反复洗涤，穿越岁月的风尘，非但没有留下被岁月腐蚀的痕迹，反而越发光彩、青春焕发。于是，我们称它们为"经典"。

阅读经典是人类找到的一种科学的阅读途径。阅读经典免去了我们生命的虚耗和损伤。我们可以通过对这些图书的阅读，让我们的生命得以充实和扩张。我们在这些文字中逐渐确立了正当的道义观，潜移默化之中培养了高雅的审美情趣，字里行间悲悯情怀的熏陶，使我们不断走向文明，我们的创造力因知识的积累而获得了足够的动力，并因为这些知识的正确性，从而保证了创造力都用在人类的福祉上。阅读这些经典所获得的好处，根本无法说尽。而对于广大的中小学生来说，阅读经典无疑也是提高他们语文能力的明智选择。

这套书，也许不是所有篇章都堪称经典，但它们至少称得上名著，都具有经典性。

2018年7月15日于北京大学

点击名著

◎ 有这样一位诗人

何其芳（1912—1977），原名何永芳，现代诗人、散文家、文学评论家。1912年生于四川万县（今重庆万州），幼年时喜爱中国古代诗词小说。1935年于北京大学哲学系毕业，先后在天津、山东等地任教，创办刊物《工作》，发表过大量诗歌与政论文章。1938年到延安鲁迅艺术学院任教。代表作有诗集《汉园集》《预言》《夜歌》，散文集《画梦录》等，深受读者喜爱。在义务教育教科书小学语文六年级课本里，就有一篇他的诗歌《我为少男少女们歌唱》。

◎ 感受美丽温柔的事物，体会真实的社会生活

诗歌是何其芳最先喜爱和运用的文学体裁。本书选取了诗人不同时期创作的诗歌。翻看这本诗选，你可以跟随诗人感受到美丽温柔的事物，也可以在诗里体会到真实的社会生活。

1. 抒情诗使你张开想象的双翼。开篇《预言》中"你一定来自那温郁的南方！告诉我那里的月色，那里的日光！……那温暖我似乎记得，又似乎遗忘"，含蓄婉转，令人浮想联翩。

2. 叙事诗为你打开认知的大门。《重庆街头所见》里的"一个穿蓝布短褂的'下等人'，居然挤拢了一位绅士的身边。这位绅士怕挨脏了他的西服，又要花一笔钱送进洗染店，赶快用雨伞来隔在他们中间"，让你跟

随文字了解当时的社会。

3. 颂歌带你学会如何乐观向上。读《北京的早晨》一诗中的"工人同志们你赶我追,争先走上光荣的岗位,为我们的边防军多造些枪炮,为农民多造些化学肥料",脑海中便浮现出清晨的各个角落人们各自忙碌的情景。

阅读建议与指导

◎ **短诗厚读**

1. 把一首短短的诗歌,读成一个长长的故事。

一首短短的诗歌,有时候包含了诗人丰富的经历,是诗人所见所闻后的有感而发。读诗,通过诗中的字眼搜索信息,也许就会读出诗歌背后一个长长的故事来。本书中有一首《有一只燕子遭到了风雨》:"有一只燕子遭到了风雨,再也飞不回它的家里;""还有什么更感人,更可贵,比较同情和援助的手臂?"读这首诗,我们可能要借助一些资料,把诗读长。

2. 以一本诗选,读出一段真实的生活。

读懂一本诗选,你必须了解诗人的生活轨迹,了解诗人在不同时期的不同境遇,了解诗歌的创作背景。读着读着,你就会发现,你已经在读诗人的生活了。以《我为少男少女们歌唱》为例,读过何其芳的其他一些诗,你会发觉诗人所要表达的情感发生了一些变化。在这首诗里,没有了如《预言》一般的忧郁与苦闷,诗中更多的是对生活的希望。查阅相关资料了解后，你会知道，这首诗是诗人在学习了毛主席《在延安文艺座谈会上的讲话》之后创作的，通过自我抒情，反映了解放区是中国的希望。

3. 用一串大大的问号，思索诗人当下的心境。

读这本书，你一定会在心里打上很多问号。这些问号能够带领你不断思考，结合资料了解诗人是在什么样的状态下写下这样的内容，那么，你就能读懂那短短的诗歌背后隐藏着的情感了。还是以《我为少男少女们歌唱》为例，读着这样的诗题，你会不会也和我一样，产生一连串的疑问：为什么要为少男少女们歌唱？为少男少女们歌唱什么呢？诗人为什么会有这样的想法呢？……只有问题，才会推动我们前进。这短短的一首诗，包含了诗人多少的过往啊！于是，我们会带着这样的好奇心，去诗外寻找答案。

4. 借一些适宜的电影，解锁诗人创作的背景。

读一些离我们年代相对较远的作品，观看那个时代的电影电视可以帮助我们更好地理解作品。诗人经历过抗日战争，有过在延安的生活，还是新中国的亲历者……关于这些，我们很多同学都只在书本里知道大概，空余时间看一些这些题材的影片，可以帮助我们了解诗人创作的时代背景，这样，读懂诗歌就更容易了。

◎ 诵读想象

在阅读诗选时，诵读和想象可以帮助我们更好地理解诗意。通过平时课堂上的学习，同学们一定练就了不少诵读想象的好本领。如果要让自己走近诗人、走近作品，我们可以尝试做到这三点：

1. 真听。

用心诵读，沉下心来听到自己的声音。一边诵读一边尝试理解每一句诗的字面意思。《我为少男少女们歌唱》里的"我的歌呵／你飞吧／飞到那些年轻人的心中／去找你停唱的地方……轻轻地从我琴弦上／失掉了成年的忧伤／我重新变得年轻了／我的血流得很快／对于生活我又充满了梦想，充满了渴望"。诗句并不难懂，读一读，听自己诵读的声音，也听诗人的内心。也许，读着诗的你，也会和诗人一起快乐起来，充满希望。

2. 真看。

当我们对诵读的诗歌内容有了一定的理解之后，自己的脑海里会浮现出诗中描写的一个个画面，将自己置身其中，仿佛"我就在"一样。《生活是多么广阔》一诗，读到"去参加歌咏队，去演戏／去建设铁路，去作飞行师／去坐在实验室里，去写诗……"，眼前会不知不觉出现延安的年轻人积极生活、欢欣鼓舞的样子，他们载歌载舞，为生活添光彩，修筑铁路，建设祖国……此时，你会觉得自己就是其中一员，也有一股融入他们生活的冲动，这就是"真看"。

3. 真感受。

读懂了，看到了，继而试着体会，看看是不是渐渐有了和诗人一样的感受，从而领悟诗人所要表达的情感。无论是《预言》，还是《生活是多么广阔》，只有"真听""真看"以后，才会产生"真感受"，感受到诗人在《预言》中流露的忧伤，体会到《生活是多么广阔》中的欢欣和喜悦。

预 言

预言 /003

脚步 /005

欢乐 /006

雨天 /007

秋天 /008

祝福 /009

月下 /010

休洗红 /011

夏夜 /012

再赠 /013

柏林 /014

岁暮怀人（一）/015

岁暮怀人（二）/017

病中 /019

夜景（一）/021

失眠夜 /022

古城 /023

墙 /025

扇 /026

风沙日 /027

声音 /029

云 /031

昔年 /032

夜 歌

夜歌（一）/037

夜歌（四）/040

黎明 /044

河 /045

郿鄠戏 /046

我为少男少女们歌唱 /048

生活是多么广阔 /049

虽说我们不能飞 /050

我看见了一匹小小的驴子 /051

从那边走过来的人 /052

我把我当作一个兵士 /054

平静的海埋藏着波浪 /055

这里有一个短短的童话 /057

多少次呵我离开了我日常的生活 /058

什么东西能够永存 /060

给 G. L. 同志 /062

重庆街头所见 /064

听　歌

回答 /069

我好像听见了波涛的呼啸 /073

有一只燕子遭到了风雨 /075

海哪里有那样大的力量 /076

听歌 /078

赠杨吉甫 /080

赠范海亮 /083

夜过万县 /084

重游南开 /086

北京的早晨 /088

读吉甫遗诗 /092

古国 /094

有人索书因戏集李商隐诗为七绝句 /095

自嘲 /097

杜甫草堂 /098

偶成 /099

夜行歌

即使 /103

想起 /104

我要 /105

让我 /106

那一个黄昏 /107

昨夜 /108

我埋一个梦 /109

夜行歌 /110

我也曾 /111

我不曾 /112

当春 /113

青春怨 /114

你若是 /115

拟古歌一章 /116

希冀 /118

古意 /119

无题 /120

三月十三日晚上 /121

恋曲 /122

初夏 /124

给我梦中的人 /125

细语 /127

暮雨 /128

我的乡土 /129

人类史图 /130

梦歌 /132

短歌两章 /134

蚂虫 /136

枕与其钥匙 /137

奇闻 /138

阅读拓展 /140

预言①

---
① 此辑诗作,为二十世纪三十年代作品。

预 言

这一个心跳的日子终于来临!
呵,你夜的叹息似的渐近的足音,
我听得清不是林叶和夜风私语,
麋鹿驰过苔径的细碎的蹄声!
告诉我用你银铃的歌声告诉我,
你是不是预言中的年青的神?

你一定来自那温郁的南方!
告诉我那里的月色,那里的日光!
告诉我春风是怎样吹开百花,
燕子是怎样痴恋着绿杨!
我将合眼睡在你如梦的歌声里,
那温暖我似乎记得,又似乎遗忘。

请停下你疲劳的奔波,
进来,这里有虎皮的褥你坐!
让我烧起每一个秋天拾来的落叶,
听我低低地唱起我自己的歌!
那歌声将火光一样沉郁又高扬,
火光一样将我的一生诉说。

不要前行！前面是无边的森林：
古老的树现着野兽身上的斑纹，
半生半死的藤蟒一样交缠着，
密叶里漏不下一颗星星。
你将怯怯地不敢放下第二步，
当你听见了第一步空寥的回声。

一定要走吗？请等我和你同行！
我的脚步知道每一条熟悉的路径，
我可以不停地唱着忘倦的歌，
再给你，再给你手的温存！
当夜的浓黑遮断了我们，
你可以不转眼地望着我的眼睛！

我激动的歌声你竟不听，
你的脚竟不为我的颤抖暂停！
像静穆的微风飘过这黄昏里，
消失了，消失了你骄傲的足音！
呵，你终于如预言中所说的无语而来，
无语而去了吗，年青的神？

1931年秋天

脚　步

你的脚步常低响在我的记忆中，
在我深思的心上踏起甜蜜的凄动，
有如虚阁悬琴，久失去了亲切的手指，
黄昏风过，弦弦犹颤着昔日的声息，
又如白杨的落叶飘在无言的荒郊，
片片互递的叹息犹是树上的萧萧。
呵，那是江南的秋夜！
　　　　　　　　深秋正梦得酣熟，
而又清澈，脆薄，如不胜你低抑之脚步！
你是怎样悄悄地扶上曲折的阑干，
怎样轻捷地跑来，楼上一灯守着夜寒，
带着幼稚的欢欣给我一张稿纸，
喊看你的新词，
　　　　　那第一夜你知道我写诗！

欢 乐

告诉我，欢乐是什么颜色？
像白鸽的羽翅？鹦鹉的红嘴？
欢乐是什么声音？像一声芦笛？
还是从稷稷的松声到潺潺的流水？

是不是可握住的，如温情的手？
可看见的，如亮着爱怜的眼光？
会不会使心灵微微地颤抖，
而且静静地流泪，如同悲伤？

欢乐是怎样来的？从什么地方？
萤火虫一样飞在朦胧的树阴？
香气一样散自蔷薇的花瓣上？
它来时脚上响不响着铃声？

对于欢乐，我的心是盲人的目，
但它是不是可爱的，如我的忧郁？

这里采用了通感的手法。捕捉白鸽的羽翅、鹦鹉的红嘴以及芦笛、松声、流水、温情的手、爱怜的眼光等可视、可听或可感的形象，一个个绚丽的意象便出现在眼前，画面感十足。

一连串的问号，是诗人对欢乐的样子、来源的无数个不确定。这不禁也让我们产生疑问：你可曾见到过欢乐？可曾有过欢乐？

哦，欢乐在"我"看来，是虚无的，不可见的。"我"的内心，只有忧郁！

雨　天

北方的气候也变成南方的了：
今年是多雨的夏季。
这如同我心里的气候的变化：
没有温暖，没有明霁。

是谁第一次窥见我寂寞的泪，
用温存的手为我拭去？
是谁窃去了我十九岁的骄傲的心，
而又毫无顾念地遗弃？

呵，我曾用泪染湿过你的手的人，
爱情原如树叶一样，
在人忽视里绿了，在忍耐里露出蓓蕾，
在被忘记里红色的花瓣开放。

红色的花瓣上颤抖着过，成熟的香气，
这是我日与夜的相思，
而且飘散在这多雨水的夏季里，
过分地缠绵，更加一点润湿。

秋　天

震落了清晨满披着的露珠,
伐木声丁丁地飘出幽谷。
放下饱食过稻香的镰刀,
用背篓来装竹篱间肥硕的瓜果。
秋天栖息在农家里。

向江面的冷雾撒下圆圆的网,
收起青鳊鱼似的乌桕叶的影子。
芦篷上满载着白霜,
轻轻摇着归泊的小桨。
秋天游戏在渔船上。

草野在蟋蟀声中更寥阔了。
溪水因枯涸见石更清冽了。
牛背上的笛声何处去了,
那满流着夏夜的香与热的笛孔?
秋天梦寐在牧羊女的眼里。

祝　福

青色的夜流荡在花阴如一张琴。
香气是它飘散出的歌吟。
我的怀念正飞着，
一双红色的小翅又轻又薄，
但不被网于花香。
新月如半圈金环。那幽光
已够照亮路途。
飞到你的梦的边缘，它停伫，
守望你眉影低垂，浅笑浮上嘴唇，
而又微动着，如嗔我的吻的贪心。
当虹色的梦在你黎明的眼里轻碎，
化作亮亮的泪，
它就负着沉重的疲劳和满意
飞回我的心里。
我的心张开明眸，
给你每日的第一次祝福。

月　下

今宵准有银色的梦了，
如白鸽展开沐浴的双翅，
如素莲从水影里坠下的花瓣，
如从琉璃似的梧桐叶
流到积霜的瓦上的秋声。
但眉眉，你那里也有这银色的月波吗？
即有，怕也结成玲珑的冷了。
梦纵如一只顺风的船，
能驶到冻结的夜里去吗？

休洗红

寂寞的砧声散满寒塘，
澄清的古波如被捣而轻颤。
我慵慵的手臂欲垂下了。
能从这金碧里拾起什么呢？

春的踪迹，欢笑的影子，
在罗衣的退色里无声偷逝。
频浣洗于日光与风雨，
粉红的梦不一样浅退吗？

我杵我石，冷的秋光来了。
它的足濯在冰样的水里，
而又践履着板桥上的白霜。
我的影子照得打寒噤了。

夏　夜

在六月槐花的微风里新沐过了，
你的鬈发流滴着凉滑的幽芬。
圆圆的绿阴作我们的天空，
你美目里有明星的微笑。

藕花悄睡在翠叶的梦间，
它淡香的呼吸如流萤的金翅
飞在湖畔，飞在迷离的草际，
扑到你裙衣轻覆着的膝头。

你柔柔的手臂如繁实的葡萄藤
围上我的颈，和着红熟的甜的私语。
你说你听见了我胸间的颤跳，
如树根在热的夏夜里震动泥土？

是的，一株新的奇树生长在我心里了，
且快在我的唇上开出红色的花。

再 赠

你裸露的双臂引起我
想念你家乡的海水,
那曾浴过你浅油黑的肤色,
和你更黑的发更黑的眼珠。

你如花一样无顾忌地开着,
南方的少女,我替你忧愁。
忧愁着你的骄矜,你的青春,
且替你度着迁谪的岁月。

蹁跹在这寒冷的地带,
你不知忧愁的燕子,
你愿意飞入我的梦里吗,
我梦里也是一片黄色的尘土?

柏　林

日光在蓖麻树上的大叶上。
七里蜂巢栖在土地祠里。
我这与影竞走者
逐巨大的圆环归来，
始知时间静止。

但青草上
何处是追逐蟋蟀的鸣声的短手膀？
何处是我孩提时游伴的欢呼
直升上树梢的蓝天？
这巨大的童年的王国
在我带异乡尘土的脚下
可悲泣地小。

沙漠中行人以杯水为珍。
弄舟者愁怨桨外的白浪。
我昔自以为有一片乐土，
藏之记忆里最幽暗的角隅。
从此始感到成人的寂寞，
更喜欢梦中道路的迷离。

岁暮怀人 (一)

驴子的鸣声吐出
又和泪吞下喉颈,
如破旧的木门的鸣泣,
在我的窗子下。
我说:
温善的小牲口,
你在何处,丢失了你的睡眠?

饮鸩自尽者掷空杯于地:
起初一声尖锐的快意划在心上;
其次哭泣着自己的残忍;
随温柔的泪既尽,
最后是平静的安息吧。
在画地自狱里我感到痛苦,
但丢失的东西太多,
惦念的痴心也减少了。

我曾在地图上,
寻找你居住的僻小的县邑,
猜想那是青石的街道,
低的土墙瓦屋,

一圈古城堞尚未拆毁,
你仍以宏大的声音
与人恣意谈笑,
但不停地挥着斧
雕琢自己的理想……

衰老的阳光渐渐冷了,
北方的夜遂更阴暗,更长。

岁暮怀人 (二)

当枯黄的松果落下,
低飞的鸟翅作声,
你停止了林子里的独步,
当水冷鱼隐,
塘中飘着你寂寞的钩丝,
当冬天的白雾封了你的窗子,

长久隐遁在病里,
还挂念你北方的旧居吗?
在墙壁的阴影里,
在屋角的旧藤椅里,
曾藏蔽过我多少烦忧!
那时我常有烦忧,
你常有温和的沉默,
破旧的冷布间,
常有壁虎抽动着灰色的腿。
外面是院子。
啄木鸟的声音枯寂地颤栗地,
从槐树的枝叶间漏下,漏下,
你问我喜欢那声音不——
若是现在,我一定说喜欢了。

西风里换了毛的骆驼群，
举起足
又轻轻踏下，
街上已有一层薄霜。

病　中

想这时湖水
正翻着黑色的浪,
风掠过灰瓦的屋顶,
黄瓦的屋顶,
大街上沙土旋转着
像轮子,远远的郊外
一乘骡车在半途停顿,
四野没有人家……

四个墙壁使我孤独。
今天我的墙壁更厚了
一层层风,一层层沙。

"今夜北风像波涛声
摇撼着我们的小屋子
像船。我寂寞的旅伴,
你厌倦了这长长的旅程吗?
我们是到热带去,
那里我们都将变成植物,
你是常春藤
而我是高大的菩提树。"

黄昏。我轻轻开了
我的灯,开了我的书,
开了我的记忆像锦匣。

夜 景（一）

市声退落了
像潮水让出沙滩。
每个灰色的屋顶下
有安睡的灵魂。

最后一乘旧马车走过。

宫门外有劳苦人
枕着大的凉石板睡了，
半夜醒来踢起同伴，
说是听见了哭声，
或远或近地，
在重门锁闭的废宫内，
在栖满乌鸦的城楼上。
于是更有奇异的回答了，
说是一天黄昏，
曾看见石狮子流出眼泪……

带着柔和的叹息远去，
夜风在摇城头上的衰草。

失眠夜

正有人从辽远的梦里回来,
有人梦里也是沙漠,
正踯躅,
　　　　　邦邦,
梆子迈着大步,
在深巷中惊起犬吠,
又自己哑下去。

最后该你夜行车,
来叹一口长长的气。
你那样蛮强又颤抖,
当这时林叶正颤抖于冷露。

病孩在母亲的手臂里,
揉揉睡眼哭了。
白发人的呓语
惊不醒同座的呼噜。
车呵,你载着各种不同的梦,
沿途捡拾些上来
又沿途扔下去。

古　城

有客从塞外归来，
说长城像一大队奔马
正当举颈怒号时变成石头了。
（受了谁的魔法，谁的诅咒！）
蹄下的衰草年年抽新芽。
古代单于的灵魂已安睡
在胡沙里，远戍的白骨也没有怨嗟……

但长城拦不住胡沙
和着塞外的大漠风
吹来这古城中，
吹湖水成冰，树木摇落，
摇落浪游人的心。

深夜踏过白石桥
去摸太液池边的白石碑。
以后逢人便问人字柳
到底在哪儿呢，无人理会。
悲这是故国遂欲走了
又停留，想眼前有一座高楼，
在危栏上凭倚……

　　　　　　坠下地了
黄色的槐花，伤感的泪。
邯郸逆旅的枕头上
一个幽暗的短梦
使我尝尽了一生的哀乐。
听惊怯的梦的门户远闭，
留下长长的冷夜凝结在地壳上。
地壳早已僵死了，仅存几条微颤的动脉，
间或，远远的铁轨的震动。

逃呵，逃到更荒凉的城中，
黄昏上废圮的城堞远望，
更加局促于这北方的天地。
说是平地里一声雷响，
泰山：缠上云雾间的十八盘
也像是绝望的姿势，绝望的叫喊。
（受了谁的诅咒，谁的魔法！）
望不见黄河落日里的船帆！
望不见海上的三神山！

悲世界如此狭小又逃回
这古城。风又吹湖冰成水。
长夏里古柏树下
又有人围着桌子喝茶。

墙

轧轧的,水车的歌唱
展开清晨的长途:

灰色的墙使长巷更长,
我将伫足微叹了。
看藤萝垂在墙半腰
青青的,像谁遗下的带子

引我想墙内草场上
日午有圆圆的树影升腾……

朦胧间觉我是一只蜗牛
爬行在砌隙,迷失了路。
一叶绿阴和着露凉
使我睡去,做长长的朝梦。

醒来转身一坠,
喳,依然身在墙外。

扇

设若少女妆台间没有镜子,
成天凝望着悬在壁上的宫扇,
扇上的楼阁如水中倒影,
染着剩粉残泪如烟云,
叹华年流过绢面,
迷途的仙源不可往寻,
如寒冷的月里有了生物,
望着这苹果形的地球,
猜在它的山谷的浓淡阴影下,
居住着的是多么幸福……

风沙日

正午。河里的船都张起白帆时
我放下我窗外的芦苇帘子。
太阳是讨厌思想的。

放下我的芦苇帘子
我就像在荒岛的岩洞里了。
但我到底是被逐入海的米兰公,
还是他的孤女美鸾达?
美鸾达!我叫不应我自己的名字。
忽然狂风像狂浪卷来,
满天的晴朗变成满天的黄沙。
这难道是我自己的魔法?

二十年来未有的大风,
吹飞了水边的老树想化龙,
吹飞了一垛墙,一块石头,
到驴子头上去没有声息。
我正想睡一个长长的午觉呢。
我正想醒来落在仙人岛边
让人拍手笑秀才落水呢。
但让我听我自己的梦话吧!

……And ladies call it Love-in-idleness①
不要滴那花汁在我的眼皮上，
我醒来第一眼看见的
可能是一匹狼，一头熊，一只猴子……

……口渴？可要一杯水？一只橘子？
说着说着，一翻身，一伸手，
把床前藤桌上的麦冬草
和盆和盘打下地了。
打碎了我的梦了。
我又想我是一个白首狂夫，
披发提壶，奔向白浪呢。
卷起我的窗帘子来：
看到底是黄昏了
还是一半天黄沙埋了这座巴比伦？

---

① 英文：而女士们将它称作（野生的）三色堇。——编者注

声 音

鱼没有声音。蟋蟀以翅长鸣。
人类的祖先直立行走后
还应庆幸能以呼喊和歌唱
吐出塞满咽喉的悲欢,
如红色的火焰能使他们温暖,
当他们在寒冷的森林中夜宴,
手掌上染着兽血
或者紧握着石斧,石剑。
但是谁制造出精巧的弓矢,
射中了一只驯鹿
又转身来射他兄弟的头额?

于是有了十层洋楼高的巨炮
威胁着天空的和平,
轧轧的铁翅间散下火种
能烧毁一切城市的骨骼:钢铁和水门汀。
不幸在人工制造的死亡的面前,
人类丧失了声音
像鱼
在黑色的网里。
当长长的阵亡者的名单继续传来,

后死者仍默默地在粮食恐慌中
找寻一片马铃薯,一个鸡蛋。

而那几个发狂的赌徒也是默默地
用他们肥大而白的手指
以人类的命运为孤注
压在结果全输的点子间。

云

"我爱那云,那飘忽的云……"
我自以为是波德莱尔散文诗中
那个忧郁地偏起颈子
望着天空的远方人。

我走到乡下。
农民们因为诚实而失掉了土地。
他们的家缩小为一束农具。
白天他们到田野间去寻找零活,
夜间以干燥的石桥为床榻。

我走到海边的都市。
在冬天的柏油街上
一排一排的别墅站立着
像站立在街头的现代妓女,
等待着夏天的欢笑
和大腹贾的荒淫,无耻。

从此我要叽叽喳喳发议论:
我情愿有一个茅草的屋顶,
不爱云,不爱月,
也不爱星星。

昔 年

黄色的佛手柑从伸屈的指间
放出古旧的淡味的香气；
红海棠在青苔的阶石的一角开着，
像静静滴下的秋天的眼泪；
鱼缸里玲珑吸水的假山石上
翻着普洱草叶背的红色；
小庭前有茶漆色的小圈椅
曾扶托过我昔年的手臂。
寂寥的日子也容易从石栏畔，
从踽躅着家雀的瓦檐间轻轻去了，
不闻一点笑声，一丝叹息。
那迎风开着的小廊的双扉，
那匍匐上楼的龙钟的木梯，
和那会作回声的高墙
都记得而且能琐细地谈说
我是一个太不顽皮的孩子，
不解以青梅竹马作嬉戏的同伴。
在那古老的落寞的屋子里，
我亦其一草一木，静静地长，
静静地青，也许在寂寥里
也曾开过两三朵白色的花，

但没有飞鸟的欢快的翅膀。

7月21日

夜 歌[①]

[①] 此辑诗作，为1938年至1945年作品。

夜 歌（一）

一

你呵，你又从梦中醒来，
又将睁着眼睛到天亮，
又将想起你过去的日子，

滴几点眼泪到枕头上。
轻微地哭泣一会儿
也没有什么，也并不是罪过，
因为眼泪也有着许多种类：
有时为了快乐，
有时为了悲伤，
有时为了温柔的感觉，
有时为了崇高的思想，
有时在不会唱歌的人
就像歌声从他的胸膛飞出，
带走了小小的忧郁，小小的感伤。

二

但你这个年青的孩子，

你说你在人间的宠爱中长大，
你又有什么说不出理由的理由
有时也不能好好地睡？
你说你是一团火，
那你就快活地燃烧吧。
你说知道自己聪明便多痛苦，
知道自己美丽便多悲哀，
不，聪明的人不应该停止在痛苦里，
美丽的人不应该只想到自己美丽。

三

我们不应该再感到寂寞。
从寒冷的地方到热带
都有着和我们同样的园丁
在改造人类的花园：
我们要改变自然的季节，
要使一切生物都更美丽，
要使地上的泥土
也放出温暖，放出香气。
你呵，你刚走到我们的队伍里来的伙伴，
不要说你活着是为了担负不幸。
我们活着是为了使人类
和我们自己都得到幸福。
假若人间还没有它，
让我们自己来制造。

四

不要说你相信人类有着美好的将来，
但你自己是一个例外。
当大家都笑着的时候，
难道你不感到同样的愉快？
当下一代的男女孩子们，
在阳光下游戏，
在好的季节里恋爱，
难道你会忌妒？
不，在明天我们有我们的幸福，
在今天我们有我们的任务。

五

那么你就再睡去吧。
夜晚的寂静和漫长
不是为了让我们思想
而是为了让我们休息，

让我们有足够的欢喜和精力
去迎接一个新的早晨，
而且在工作的困难中
也带着歌唱的心境和祝福。
那么你就再睡去吧！
你就轻轻地合上你的眼皮。

1940年3月11日

夜　歌（四）

我要起来，到小孩子中间去。
我要去和他们生活在一起。
我要教他们认认字，
给他们讲一些简单的然而动人的故事。
我要告诉他们清洁的重要，
时常替他们洗干净他们的手指。

我要和他们在一起游戏。
"藏好啦没有？"
"藏好啦！"
由于我的大声的回答，
他们很容易在门背后或者帐子里，
找到了我，
而且因为我是蹲着的，
他们很容易一边笑着，
一边用他们的手膀围上我的颈子。

我要和他们谈着这，谈着那。
让他们对于任何一种事物
挖根问到底。
我要尽我所知道的告诉他们。

假若我不能回答,
我要诚实地说,"我也不知道。"

我要做到不对他们生气。
当他们太顽皮,
当他们做出了小小的坏行为,
欺负了身体弱的同伴,
或者弄死了一只雀子,
我要温和地,耐烦地对他们讲道理。

我要起来,到工人们中间去。
我要去和他们生活在一起。
我要他们对我讲一些他们的生活里的故事。
假若他是一个童工,
他会告诉我他很小就进了工厂,
因为一天工作的时间太长久,
他时常在机器旁边打瞌睡。
他看见过一个比他更小的孩子,
在打瞌睡的时候被机器上的皮带卷了去。
而那疯狂地旋转着的机器
很快地吃了他,
连骨头都嚼得粉碎。

假若她是一个女工,
她会告诉我她第一天进工厂去
就站得腿酸,腰痛,脚底发烧,
只有到厕所去偷偷休息一会儿。
而在那窗子很小,充满着臭气的小屋子里
已经坐着,睡着许多和她同样的女工,

而且有的说,"还是快些回去吧,
等一下工头要来查啦!"

她会告诉我
一个怀孕的女工
有一晚突然停止了工作,
坐在地板上哭了起来。
她们请假送她回去。
在半路上她走不动了,她睡下去。
黑夜静悄悄地。只有蛙叫。
她坐了起来。孩子生下来了。

旁的工人更会告诉我一些另外的故事。
我要说:"同志们,我没有参加过什么斗争,
我很惭愧。"

我要起来,一个人到河边去。
我要去坐在石头上,
听水鸟叫得那样快活,
想一会儿我自己。

我已经是一个成人。
我有着许多责任。
但我却又像一个十九岁的少年
那样需要着温情。

我给予得并不多。
我得到的更少。

我知道我这样说，
这样计较
是可羞的，
但我终于对自己说了出来
也好。
我要起来，
但我什么地方也不去。

我要起来，点起我的灯，
坐在我的桌子前，
看同志们的卷子，
回同志们的信，
读书，
或者计划明天的工作，
总之
做我应该做的事。

6月20日

黎 明

山谷中有雾。草上有露。
黎明开放着像花朵。
工人们打石头的声音
是如此打动了我的心,
我说,劳作的最好的象征是建筑:
我们在地上看见了房屋,
我们可以搬进去居住。
呵,你们打石头的,砍树的,筑墙的,盖屋顶的,
我的心和你们的心是如此密切地相通,
我们像是在为着同一的建筑出力气的弟兄。
我无声地写出这个短歌献给你们,
献给所有一醒来就离开床,
一起来就开始劳作的人,
献给我们的被号声叫起来早操的兵士,
我们的被钟声叫起来自习的学生,
我们的被鸡声叫到地里去的农夫。

1941年

河

我散步时的伴侣,我的河,
你在歌唱着什么?
我这是多么无意识的话呵。
但是我知道没有水的地方就是沙漠。
你从我们居住的小市镇流过。
我们在你的水里洗衣服,洗脚。
我们在沉默的群山中间听着你
像听着大地的脉搏。
我爱人的歌,也爱自然的歌,
我知道没有声音的地方就是寂寞。

郿鄠戏[①]

你呜呜地唱了起来的
对面山上的郿鄠戏,
你笛子,你胡琴,
你敲打着的拍板,
你间或又响一下的锣声,
你的节奏是那样简单,那样短促,
你呜呜地唱着
像哭泣,
从你我听出了陕北的过去的人民的生活,
我听出了古代的秦国的贫苦,
我听出了唐朝的边塞的战争,
我听出了干旱,
我听出了没有树林的山,
我听出了破烂的窑洞和难吃的小米饭,
我听出了女孩子卖钱,男孩子没有裤子穿,
我听出了地主们驱使着农民
像蒙了眼睛的毛驴一辈子绕着磨子转……
但是你停止了,

[①] 郿鄠(méi hù)戏,陕西地方戏曲剧种之一,由郿县(今眉县)、鄠县(今户县)的民歌小调发展而成,流行于陕西省、山西省和甘肃省一带。——编者注

夜 歌

我叹了一口气，
我像从一个沉重的梦里醒了过来，
灿烂的阳光在我的窑洞的门外。

我为少男少女们歌唱

我为少男少女们歌唱。
我歌唱早晨,
我歌唱希望,
我歌唱那些属于未来的事物,
我歌唱那些正在生长的力量。

我的歌呵,
你飞吧,
飞到那些年轻人的心中
去找你停唱的地方。

所有使我像草一样颤抖过的
快乐或者好的思想,
都变成声音飞到四方八面去吧,
不管它像一阵微风
或者一片阳光。

轻轻地从我琴弦上
失掉了成年的忧伤,
我重新变得年轻了,
我的血流得很快,
对于生活我又充满了梦想,充满了渴望。

 夜 歌

生活是多么广阔

生活是多么广阔,
生活是海洋。
凡是有生活的地方就有快乐和宝藏。

去参加歌咏队,去演戏,
去建设铁路,去作飞行师,
去坐在实验室里,去写诗,
去高山上滑雪,去驾一只船颠簸在波涛上,
去北极探险,去热带搜集植物,
去带一个帐篷在星光下露宿。

去过极寻常的日子,
去在平凡的事物中睁大你的眼睛,
去以自己的火点燃旁人的火,
去以心发现心。

生活是多么广阔。
生活又多么芬芳。
凡是有生活的地方就有快乐和宝藏。

> 在此时的诗人看来,生活像海洋一样广阔无垠,处处充满快乐,处处都有希望。

> 诗人在延安,看到了生活的希望。虽然环境是艰苦的,但是内心毫不畏惧。可以做的事情有很多,攀登高山,跨越海洋,还能去遥远的北极和热带,甚至还能在星空下露宿。多么紧张而有趣呀!

> 照应开头,又高于原来。生活是广阔无垠的,生活更是芬芳多彩的。

虽说我们不能飞

虽说我们不能飞,
我们有想象的翅膀。

人制造了航海的船。
人又制造了飞机。
而现在我们却用它们去打仗。

让我们想象将来只用它们来游戏,
只用它们来旅行远地,
只让它们给我们带来久别的亲人,
给我们带来各地的物产,
给我们带来书籍和乐器。

夜 歌

我看见了一匹小小的驴子

我看见了一匹小小的驴子,
它是那样跳跃,那样欢喜,
干燥的多尘土的道路
在它的蹄下也像是一片草地。
它不知道它长大了的时候,
它的背上将压上什么东西。
它来到世界上还不久,
它能够那样轻快地跳跃,
那样快活地呼吸。
看它是怎样摇动着耳朵呵,
看它这个小东西!

从那边走过来的人

"从那边路上走过来的人,
你看见了什么?
你又经历了什么?"

路道很长。我看见的东西也很多。
我经历了很多的苦痛,
但我现在记得却是快乐。
我疲倦的头曾经挨着温柔的胸怀睡过,
也曾经有许多暖和的屋顶遮过我的寒冷。
一阵拥抱,一次吻,
一点灯火,一个声音的喊叫,
一颗好的心,一本历史上的巨人的传记,
都曾经使我在快要倒下的时候
突然恢复了力量和勇气。
一切都完成了我。一切都行向一个真理。
我相信了人,也相信了自己。
人,多么渺小的人呵,
却能够做出多么伟大的事情,
像很高的山峰突出于平地!
你这边那边的人,
你向我问着这问着那的人,

 夜 歌

让我们互相称为兄弟!
我像好久好久没有看见过人了呵!
我们从许多不同的道路走到了一起真是不容易!
今天我像是第一次感到世界是这样好,
人是这样可亲,
草是这样香,
阳光是这样美丽!

我把我当作一个兵士

我把我当作一个兵士,
我准备打一辈子的仗。

当我因为碰上了工作中的困难而烦恼,
当我因为疲乏而感到生活是平凡而且单调,
我就想我是一个兵士,
一个简简单单的兵士,
我想我是在攻打着一座城堡,
我想我是在黑夜放哨,
我想我不应该有片刻的松懈,
因为在我的队伍中一个兵士有一个兵士的重要,

我把我当作一个兵士,
我准备打一辈子的仗。

平静的海埋藏着波浪

"平静的海埋藏着波浪,
鸟雀未飞时收敛着翅膀,
你呵,你为什么这么沉郁?
有些什么难于管束的东西
在你的胸中激荡?"

"我在给我自己筑着堤岸,
让我以后的日子平静地流着,
一直到它流完,
再也不要有什么泛滥。"

"我看见人把猛兽囚在笼子里,
外面再加上铁栏杆,
这一切都是多事,
不如让鹰飞在天空,虎豹奔跑在深山。"

"我就要这样驯服我自己,
从前我完全是自然的儿子,
我做了一切我想做的,
但我给自己带来的不是幸福
而是沉重的,沉重的负担。"

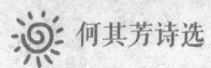

"能够燃烧的总是容易燃烧,
要爆炸的终于将爆炸,
石头被敲打时也会发出火花。"

3月8日

夜 歌

这里有一个短短的童话

这里有一个短短的童话,
一个想变成人类的女人鱼
借了女巫的魔法失掉了尾巴,
而且和人住在一起后
不久就学会了说话。
她说:"人呵,你们是这样美丽,
你们能够在空气里游戏,
你们又能够用声音交换情感和意义。
请不要责备我为什么这样羞涩,
为什么这样口吃,
因为我还不习惯这一切。"
于是有人走拢去拥抱她,
而且接着放开了她,
她全身轻轻地颤抖
而且流出了她第一次的眼泪,
她又笑出了她第一次的笑。
自从有了笑和泪,
她就真正变成了人类,变成了人的姊妹。

你是不是和我一样,想到了安徒生的童话故事《海的女儿》?

在人鱼的眼里,人类是令她羡慕的:空气里游戏、用声音交换情感和意义……此刻,她的自卑与羞涩之感无法掩盖。

她终于可以融入人类生活了,这正是她期望的。

多少次呵
我离开了我日常的生活

多少次呵我离开了我日常的生活,
那狭小的生活,那带着尘土的生活,
那发着喧嚣的声音的忙碌的生活,
走到辽远的没有人迹的地方,
把我自己投在草地上,
我像回到了我的最宽大的母亲的怀抱里,
她不说一句话,
只是让我在她的怀抱里痛快地哭一场,
或者静静地睡一觉,
然后温柔地沐浴着我,
用河水的声音,用天空,用白云,
一直到完全洗净了我心中的一切琐碎,重压和苦恼,
我像一个新生出来的人,
或者像一个离开了人世的人,
只是吃着野果子,吸着露水过日子。……
但很快地我又记起我那日常的生活
那狭小的生活,那满带着尘土的生活,
那发着喧嚣的声音的忙碌的生活,
我是那样爱它,
我一刻也不能离开它,

夜 歌

我要急急忙忙地走回去,
我要走在那不洁净的街道上,
走在那拥挤的人群中,
我要去和那些汗流满面的人一起劳苦,
一起用自己的手去获得食物,
我要去睡在那低矮的屋顶下,
和我那些兄弟们一起做着梦,
或者一起醒来,唱着各种各样的歌,
我要去走在那些带着武器的兵士们的行列里,
和他们一起去战斗,
一起去争取自由……
呵,我是如此愿意永远和我的兄弟们在一起,
我和他们的命运是紧紧地联结在一起,
没有什么分开,没有什么能够破坏,
尽管个人的和平是很容易找到,
我是如此不安,如此固执,如此暴躁,
我不能接受它的诱惑和拥抱!

3月15日

什么东西能够永存

什么东西能够永存?
人在日光之下一切劳碌到底有什么益处,
人既然那样快地从摇篮到坟墓?

我的心里有时发出这样的声音,
我知道是那个顶古老,顶丑陋的魔鬼的声音,
虽然它说得那样甜蜜,那样年青。
但当我夜里读着历史,或者其他的书籍,
我仿佛看见了许多高大的碑石,
许多燃烧在时间的黑暗里的火炬。
不管他们是殉道者,科学家,思想家,还是歌者,
我都能够感到他们的心还是活着,
还在跳动,而且发出很大的响声,
而且使我们的心跟它们一起跳动,
而且渐渐地长大了一些。
夜已经很深。一切都归于安静。
只有日夜不息地流着的河水在奔腾,在怒鸣。
我于是有了很大的信心。
我说,只有人的劳作能够永存。
我读着的书籍,我的屋子,我的一切用具,
以及我脑子里满满地装着的像蜂房里的

蜜一样的东西，
都带着我们的祖先们的智慧和劳力的印记。

3月15日

给G.L.同志

我们睡在一个床上。
我感到我像回到了木板书里的古人的生活:
到远远的地方去拜访一个朋友,
而晚上就和他睡在一个床上。

已经吹灭了灯。
又没有月亮。
这是一个漆黑的农村的夜晚。

今天我在懒洋洋的天气里
爬了一座高山,走了二十里路。
你说你昨晚没有睡好,也有些疲倦。
但我们还是谈着,谈着,
谈了很多的话。

你说一切都好,
只是有时在工作的空隙中,
在不想做事情的时候,
有些感到空虚。

我说,

夜 歌

在这样的时候
你就用任何东西去填满它吧,
到老百姓家里去和他们谈问题,
打开书,
或者找一个同志去散步。

你说你们在乡下是那样缺乏娱乐和游戏,
有时用石头来当作铁球投掷。
我似乎看见了你们在田野间,
在夕阳下,
寂寞的挥手的姿势。
这些日子我又很容易感动。
世界上本来有很多平凡的然而动人的事。

我感到我们有这样多的好同志,
这样多的寂寞地工作着的同志,
就是为了这我也想流一会儿眼泪。

           3月26日

重庆街头所见

喂，你要去搭公共汽车吗？
公共汽车里是常常出笑话的。

话说有一天，天下着雨。
许多人在公共汽车里挤。
一个穿蓝布短褂的"下等人"
居然挤拢了一位绅士的身边。
这位绅士怕挨脏了他的西服
又要花一笔钱送进洗染店，
赶快用雨伞来隔在他们中间。
伞上的雨水往下滴，往下滴，
滴在那个"下等人"的脚上像眼泪。
呵，难道是我自己想哭泣！
我刚来自另外一个地方，
那里农民可以叫我"老何"，
把他的手放在我肩上，
那里我可以和工人一起坐在小饭馆里，
一边吃东西，一边谈笑如兄弟。
而这里——
但这并没有什么好笑，是不是？
且说又一天，天上出大太阳。

仿佛是面对面，你我之间的距离马上就拉近了。

"居然"一词在这里显得那么"刺眼"，在那些绅士看来，"下等人"绝对不能够靠近他们。

雨水像是眼泪，那是为这样的不公落下的伤痛的泪。

此时的诗人以文化使者的身份从延安被派到重庆，看到国统区的这一幕，不禁联想到和农民、工人朋友们一起谈笑吃东西的场景，对比鲜明。

公共汽车里更挤得人发狂。
一个农民右手拿着口袋,
左手拿着一只笛子。
我猜想他是个民间音乐家,
背粮食进城来卖了,顺便买个乐器。
但是他多么狼狈!
公共汽车里没有音乐的座位。
他把笛子直拿在胸前,不行,
几乎碰到一位坐着的先生的眼镜。
他把笛子横拿在头上,汽车一颠簸,
笛子又碰到了人,并且突然被谁夺去了,
接着脑壳上又挨了几下冰雹。
他惊异地回过头去。原来背后
有一位老爷穿着西服,系着领带,
在用笛子敲他的头,骂他"混蛋"。
最后笛子被丢到窗外。
有的乘客居然哈哈大笑起来。

但是,你还要上办公室,
你还是赶快去站队,
长蛇一样的队伍
已从街头排到街尾。

　　　　1945年9月14日下午,重庆

"民间音乐家",多美妙的肯定啊。只有平等地看待别人,才会感受到他身上的闪光点。

又是一次"西服"与"蓝布短褂"间的PK,"西服"依旧"完胜",因为在他们的眼里人有贵贱。

听歌①

---
① 此辑诗作,为1952年至1977年作品。

回 答

一

从什么地方吹来的奇异的风,
吹得我的船帆不停地颤动:
我的心就是这样被鼓动着,
它感到甜蜜,又有一些惊恐。
轻一点吹呵,让我在我的河流里
勇敢地航行,借着你的帮助,
不要猛烈得把我的桅杆吹断,
吹得我在波涛中迷失了道路。

二

有一个字火一样灼热,
我让它在我的唇边变为沉默。
有一种感情海水一样深,
但它又那样狭窄,那样苛刻。
如果我的杯子里不是满满地
盛着纯粹的酒,我怎么能够
用它的名字来献给你呵,
我怎么能够把一滴说为一斗?

三

不，不要期待着酒一样的沉醉！
我的感情只能是另一种类。
它像天空一样广阔，柔和，
没有忌妒，也没有痛苦的眼泪。
唯有共同的美梦，共同的劳动
才能够把人们亲密地联合在一起，
创造出的幸福不只是属于个人，
而是属于巨大的劳动者全体。

四

一个人劳动的时间并没有多少，
鬓间的白发警告着我四十岁的来到。
我身边落下了树叶一样多的日子，
为什么我结出的果实这样稀少？
难道我是一棵不结果实的树？
难道生长在祖国的肥沃的土地上，
我不也是除了风霜的吹打，
还接受过许多雨露，许多阳光？

五

你愿我永远留在人间，不要让
灰暗的老年和死神降临到我的身上。
你说你痴心地倾听着我的歌声，
彻夜失眠，又从它得到力量。

人怎样能够超出自然的限制?
我又用什么来回答你的爱好,
你的鼓励?呵,人是平凡的,
但人又可以升得很高很高!

六

我伟大的祖国,伟大的时代,
多少英雄花一样在春天盛开;
应该有不朽的诗篇来讴歌他们,
让他们的名字流传到千年万载。
我们现在的歌声却那么微茫!
哪里有古代传说中的歌者,
唱完以后,她的歌声的余音
还在梁间缭绕,三日不绝?

七

呵,在我祖国的北方原野上,
我爱那些藏在树林里的小村庄,
收获季节的手车的轮子的转动声,
农民家里的风箱的低声歌唱!
我也爱和树林一样密的工厂,
红色的钢铁像水一样疾奔,
从那震耳欲聋的马达的轰鸣里
我听见了我的祖国的前进!

八

我祖国的疆域是多么广大:
北京飞着雪,广州还开着红花。
我愿意走遍全国,不管我的头
将要枕着哪一块土地睡下。
"那么你为什么这样沉默?
难道为了我们年轻的共和国,
你不应该像鸟一样飞翔,歌唱,
一直到完全唱出你胸脯里的血?"

九

我的翅膀是这样沉重,
像是尘土,又像有什么悲恸,
压得我只能在地上行走,
我也要努力飞腾上天空。
你闪着柔和的光辉的眼睛
望着我,说着无尽的话,
又像殷切地从我期待着什么——
请接受吧,这就是我的回答。

1952年1月写成前五节
1954年劳动节前夕续完

我好像听见了波涛的呼啸
——献给武汉市和洪水搏斗的战士们

我好像听见了波涛的呼啸，
听见它披着乱发的头
一次又一次在堤上碰碎，
发出不甘心的野兽的怒吼。

我好像听见了狂风暴雨
在头上呼号，但你们的奔跑，
你们抢险时的热情的歌唱，
比雷的鸣声更响亮，更高。

我好像和你们站在江水里，
完全忘记了寒冷和危险，
和你们一起手拉着手，
用身体来保护堤岸的安全。

堤外的洪水想毁灭一切，
堤内是一片翠绿的水稻，
它们满怀信心地生长着，
发出预告丰收的微笑。

堤外的洪水高过屋顶，

堤内的道旁开着月季花，
工厂的烟囱飘着青烟，
超额完成了生产计划。

堤外的洪水一天比一天高，
戏院里"牛郎织女"在上演，
医院里婴儿在诞生，在快乐地
用叫喊来迎接耀眼的光线。

我们每天打开报纸，
和你们一同紧张地呼吸，
然后和你们一同劳动，
一同欢呼每一天的胜利。

什么奇迹我们不能创造？
什么敌人我们不能打败？
洪水啊，你不用梦想涨得
比我们的堤防更高，更快！

如今洪水向我们低下头，
像有些冥顽不灵的人
受了我们的沉重的打击，
才开始用手擦一擦眼睛：

看吧，看我们中国的土地上
已经发生了多么大的变动，
看我们六万万人多么亲密地
患难与共，幸福与同！

1954年9月3日

有一只燕子遭到了风雨
——拟歌词一①

有一只燕子遭到了风雨，
再也飞不回它的家里；
是谁理干了它的羽毛，
又在晴空里高高飞起？

有一个人是这样忧伤，
好像谁带走了他的希望；
是什么歌声这样快乐，
好像从天空降落到他心上？

还有什么更感人，更可贵，
比较同情和援助的手臂？
是什么，是什么这样沉重？
那是一滴感谢的泪！

1956年9月1日改定

---

① 从前学写小说，曾为其中人物所唱歌曲拟作歌词二首。小说后来未能写下去，歌词亦未必可以谱曲，但因是试用曾被人讥讽为"闭门造车"的现代格律诗体，姑存之。——作者原注

海哪里有那样大的力量
——拟歌词二

海哪里有那样大的力量?
它哪能冲掉人的忧伤?
我去过海边,听过波涛
拍打着海岸像雷一样响。

我也曾把我浸在海水里,
再让日光沐浴着身体。
但我独自躺在沙滩上,
却想到一个童话般的故事:

为什么海水有咸的味,
那是由于美人鱼的泪,
由于她的沉默的爱情
一直不曾被人理会。

尽管海能够把巨舰吞没,
能够叫大山给他让路,
但有些时候人的感情
却比铁石还要坚固。

能够像风一样吹开
人的忧伤的,不是海,
却是陆地上人自己创造的
生活的欢乐、劳动的愉快。

    1956年9月21日晨5时40分改定

听　歌

我听见了迷人的歌声，
它那样快活，那样年轻，
就像我们年轻的共和国
在歌唱她的不朽的青春；

就像早晨的金色的阳光
因为快乐而颤抖在水波上，
春天突然回到了园子里，
花朵都带着露珠开放。

它时而唱得那样低咽，
像夜晚的喷泉细声飞射，
圆圆的月亮从天边升起，
微风在轻轻摇动树叶；

它时而唱得那样高昂，
像与天相接的巨大的波浪，
把我们从陆地上面带走，
带到辽远的蓝色的海洋；

然后又唱得那样温柔，

听 歌

像少女的眼睛含着忧愁,
和裂土而出的植物一样,
初次的爱情跃动在心头。

呵,它是这样迷人,
这不是音乐,这是生命!
这该不是梦中听见,
而是青春的血液在奔腾!

    1957年3月2日夜至3日晨,北京

何其芳诗选

赠杨吉甫

> 焉知二十载,
> 重上君子堂。
> 昔别君未婚,
> 儿女忽成行……
>
> ——杜甫

你在谈话中间
念出了杜甫的诗句;
正好分别二十年,
我们重又相遇。

我的两鬓斑白,
你比从前更瘦;
我们胸中的热血
却还似年轻时候。

你指着你的肺部
说烂过许多地方;
你坐过敌人的监狱,
还有出狱后的逃亡。

同志们劝你休养，
你说病算得什么；
为了我们的理想，
哪能一天不工作？

和藐视敌人一样，
我们藐视疾病；
不管它有多大力量，
也一定是我们战胜！

你在谈话中间
念出了杜甫的诗句；
正好分别二十年，
我们重又相遇。

1957年4月8日夜，北京

附记：今年3月，在北京的一个会议上遇见杨吉甫。他是我年轻时候的朋友。自1937年秋在万县相别后，屈指正好二十年。1947年我在重庆工作，他在万县办鱼泉中学，曾赠我五律一首，托一个同志到重庆时对我口述。可惜现在仅仅记得结尾两句。当时他要我写一点字条寄给他。我不会作旧诗；适染小病，头昏不能作事，就躺在床上也胡诌了几句："先生非独善，兴学人寰中。墨翟悲丝染，孔丘愿道同。树根深入土，枝叶乃当风。别后话难尽，何时得一逢？"病愈后写一单条寄他。这次见面，他说这个单条现在还挂在他乡下的屋子里。他又说，我的一个中学教师见着这首诗，曾给它这样一个评语："有句无章"，墨翟孔丘忽接树根枝叶，实在近于乱凑。但当时的意思是希望他的工作深入群众，或者才不至于为国民党反动派摧毁而已。后来不久，就得到他被捕的消息。因为他办的学校很得到群众的拥护，终于被营救出狱了。他害了二十多年肺病，身体更弱，但仍坚持工作，至今并不向病屈服。我这时也刚患高血压病，所以诗中有蔑视疾病的话。

赠范海亮

满天的星斗长庚星最明，
古来的诗人李白杜甫最知名。
如今的诗歌谁作得最好？
千千万万个劳动人民。

1958年11月14日，河南登封三官庙村

附记：1958年11月我到河南参观。不少地方在参观后要求题诗，结果不免写了几首打油诗，后来都忘记了。只有这首小诗，至今还记得，姑存之。范海亮，河南省登封县三官庙乡磨沟村农民，当时是生产队长。"毛主席的两只眼睛像天上的星星，住在深山的人们也看见它的光明"，这首诗就是他作的。

夜过万县

灯火灿烂的山城
弯弯地横在岸上。
很像是重庆的夜景，
只少一条嘉陵江。

凭着船上的栏杆，
我很想多看看它：
这是我的家乡，
我吸它的奶汁长大。

哪儿是苍翠的太白岩，
相传李白住过，
在那山脚下的小学里
曾度过我少年的生活？

哪儿是热闹的南津街，
曾被英国的军舰
炮击成一片瓦砾，
很快又开满了商店？

哪儿是我和同伴们

在上面奔跑过的街道，
在上面高声喊过
打倒帝国主义的口号？

望不见我熟悉的地方，
也望不见解放后的建设，
只看见灯火灿烂，
照耀着一江夜色。

只看见长江上游
如今也可以夜航，
像我们的建设的步伐
日夜不停地奔忙。

凭着船上的栏杆，
一直到望不见这山城，
江面的红绿灯标
好像在依依送人。

1958年12月9日初稿，长江轮上
1961年8月17日修改于北京

重游南开

抗日战争前我曾在天津南开中学教过书。去年1月,重游旧地。两位校长陪我参观,告诉我原来教员们所住的西楼、初中部的南楼和女生部全部房屋均于抗战初期被敌机炸毁。后来我又在周围游览了一些时候。学校后面一大片洼地已经填平,改建为公园。墙子河原因工厂废水流入,污浊发臭,现在安有下水道,也变清洁了。陪同参观的同志还告诉我,过去以秩序混乱和污秽出名的"三不管"那一带,现在也已成为小工厂区域。

记忆里有些事物
已经不复看见,
众多的新的建筑
却在我眼前出现。

对不曾到过的胜境,
人总是睁大了眼睛;
旧地不能辨认,
这岂止惊异的感情!

原来是污秽的洼地,
放着无人埋的棺材,

野狗来偷吃尸体，
也无人把它赶开；

如今却变成了公园，
藤萝架、凉亭和水池
小鸟在枝头交谈，
儿童在草地上游戏。

像旧社会一样臭的墙子河，
想起来就令人恶心；
如今代替了污浊，
结着透明的冰。

两岸是青青麦田
和一大片拖拉机工厂，
它忙着早日实现
农业机械化的梦想。

1963年8月29日病中，北戴河

北京的早晨

早晨好,我的北京的街道!
街道上的行人,车辆,早晨好!

长安街多么直,多么宽广,
就像射出的箭一样,
就像长江大河在怒号,
车是流水,人是波涛。

工人同志们你赶我追,
争先走上光荣的岗位,
为我们的边防军多造些枪炮,
为农民多造些化学肥料!
少年儿童是祖国的花朵,
在早晨的阳光下开得多红火!
跳呵,笑呵,跑呵,唱歌,
一个个背着书包去上学。
社会主义大院的红对联,
在笑着迎接祖国的春天。

一排排枝叶茂盛的常绿树,
像行列整齐的坚定的队伍,

听 歌

拱卫着天安门和它的广场。
各地来的人在瞻仰，照相——
毛主席在这里检阅过海陆空军，
检阅过工人、农民和红卫兵。

"人民英雄永垂不朽"！
一百多年波涛汹涌的战斗，
纪念碑应该更大，更高，
更远的地方也可以看到，
花坛的一串红像烈士的血，
永远鲜明，永不凋谢，
活在一代又一代的心里，
呼唤着去争取新的胜利。

九月的晴空多么高，多么蓝，
九月的晨风拂着轻寒。
我在长安街上大步行进，
像一个奔向未来的人。
我身体强壮，肺部扩张，
和树一样枝叶开放，

好像一口气可以吸进
环绕我的整个北京的早晨!

我在天安门广场巡行,
从这里我望见祖国的边境:
伊犁河谷绿草如茵,
奔跑着雪一样白的羊群
牧人们弹起冬不拉唱歌,
歌儿比草原上的牛羊还多;
烟囱耸立在阿里高原上,
工厂的机器隆隆作响。
这里曾被称为"农奴的地狱",
牧民从小给领主当家奴,
不论冬夏都睡在羊圈,
许多地方荒无人烟;
牡丹江林区人们在奔忙,
伐木油锯的马达在欢唱,
载着红松、白松和鱼鳞松,
汽车、小火车飞奔在群山中;
兴安岭上的游猎民族,
实现了定居,家家住新屋,
学会用农业机械种地,
吃到自己手种的大米;
五指山山丛中的赤脚医生,
背着药箱在村寨治病;
我们的解放军百炼成钢,
日夜守卫祖国的边疆,
从东到西,从南到北,
注视侵略者和民族败类的伺窥。

听 歌

大庆油管已铺设到秦皇岛,
新的油田又传来捷报。
大寨的社员们劈山移山,
出现了大面积的"人造平原",
驾驶着大型拖拉机耕耙,
上面长满了绿油油的庄稼。

我赞美祖国的美好的今天,
明天的风光更灿烂无边:
就在本世纪,不过二十多年,
社会主义的现代化强国出现。

早晨好,我的年轻的祖国!
早晨好,所有以生命的烈火,
以一双劳动的手和一颗红心,
来建设社会主义大厦的人!

         1972年10月3日作
         1975年2月6日修改

读吉甫遗诗

陶渊明生在二十世纪,
松尾芭蕉生在中国,
契诃夫如果不写小说,
而写诗歌——多么奇异,
在我眼前,在我书桌上
放着的就是这样的篇章!

但是,你不仅仅是诗人,
而且还是一个战士。
松尾芭蕉我不能估计,
只是我可以大胆肯定:
陶渊明,契诃夫和我们共甘苦,
也会走我们同样的道路。

呵,多灾多难的祖国!
祖国的日月换了新天!
我们在北京重又见面——
我们感到幸福的烧灼,
我们一起听毛主席讲话!
但你瘦弱得令我惊诧!

我们都写得太少,太少,
只有接受后代人的责备——
我一步一步走在中国的土地,
你在反动派监狱里盼天晓;
我们曾为革命呐喊,
也为建设滴过几粒汗。

1977年5月31日下午

古　国
——为北京师范大学附属女子中学
　　庆祝从事教学工作三十年以上
　　教职工大会作

古国腾欢转少年，春来百卉尽争妍。
情知种树人辛苦，绿叶成荫满陌阡。

1963年4月15日

有人索书因戏集
李商隐诗为七绝句

一

日下繁香不自持,春兰秋菊可同时?
狂来笔力如牛弩,自有仙才自不知。

二

初闻征雁已无蝉,露欲为霜月堕烟。
何处哀筝随急管,一弦一柱思华年。

三

世间花叶不相伦,月里依稀更有人。
纵使有花兼有月,仙家暂谪亦千春。

1964年11月5日夜

四

倚树沉眠日已斜,不劳君劝石榴花。

春风自共何人笑,四海于今是一家。

五

万里风波一叶舟,雨中寥落月中愁。
深知身在情长在,埋骨成灰恨未休。

六

黄河欲尽天苍苍,万里西风夜正长。
守到清秋还寂寞,夜来烟雨满池塘。

七

铁网珊瑚未有枝,红蕖何事亦离披?
独留巧思传千古,雨落月明俱不知。

1964年11月6日夜

听 歌

自　嘲

慷慨悲歌对酒初，少年豪气渐消除。
旧朋老去半为鬼，安步归来可当车。
大泽名山空入梦，薄衣菲食为收书。
如何绿耳志千里，翻作白头一蠹鱼。

　　　　　　　　1975 年 3 月 13 日

杜甫草堂

文惊海内千秋事，家住成都万里桥。
山水无灵助啸咏，疮痍满目入歌谣。①
当年草屋愁风雨，今日花溪不寂寥。
三月海棠似待我，枝头红艳竞春娇。②

1976年8月23日下午

---

① 杜甫定居成都后，写好诗很少，他的精彩作品多是出于颠沛流离之中，成为颠沛流离生活的追述。——作者原注

② 今年暮春游成都杜甫草堂，其时群花凋谢，唯庭中垂丝海棠犹繁花盛开似迎游人。回北京后作此诗。——作者原注

听 歌

偶 成

天涯芳草碧如茵,无复追风与绝尘。
花若多情应有泪,臣之少壮不如人。
笑看鼠辈冰山倒,能令龙骖晓日新。
敢惜蹒跚千里足,还教田野踏三春。

1977年4月18日晨4时,
于心脏病复发后

夜行歌[1]

---

[1] 此辑诗作，为何其芳1930年至1976年散见于各种报刊上的作品和未收入何其芳出版的诗集的作品。

夜行歌

即 使

即使是沙漠,是沙漠的话,
我也要到沙漠里去开掘,
　　掘一杯泉水来当白茶;
即使永远,永远都掘不着呀,
总可以那坑作为坟墓吧。

即使是沙漠,是沙漠的话,
我也要到沙漠里去寻花,
　　寻来伴我墓中的生涯;
即使一朵,一朵都寻不着呀,
总有风沙来把我埋葬吧。

即使是沙漠,是沙漠的话,
我也要到沙漠里去住家,
　　把我飘零的身子歇下;
即使那水土不适宜于我呀,
总适宜,适宜于我的死吧。

想 起

想起江南的夜雨，倾下屋檐，
夹着一网网雷声，一刷刷电，
楼上楼下，我在雨中走遍，
走过你的门前，不准你听见。

想起堤岸上，我们一排儿坐，
流金万点，是月影掉下江波，
你们挨次说，我静静地听着，
静静地睡着，望天上的星河。

想起你，想起你小小的温存：
半夜里醒来，一粒荧荧的灯，
悄悄地，恰像我梦里的灵魂，
是你，不是窗角儿的那颗星。

夜行歌

我　要

我要唱一支婉转的歌，
把我的过去送入坟墓；
我要织一个美丽的梦，
把我的未来睡在当中。

我要歌像梦一样沉默，
免得惊醒昔日的悲咽；
我要梦像歌一样有声，
声声跳着期待的欢欣。

让 我

让我这样孤岑,孤岑地生,
让你说是天上掉下的星,
让你再笑我失掉了晶莹,
让我微光一样闪着歌声。

让我恨,让我杀掉我自家,
让你说人间落了一朵花,
让你微微一笑,或者悲嗟,
让我开,开向墓里的黄沙。

夜行歌

那一个黄昏

那一个黄昏并不昏黄,
一望的白雪白得发亮,
我叫一声,"你还不回来,"
用手把你的名字写在雪上。

雪花在夜里不停地下,
填平了你名字的笔画,
我叫一声,"你还不回来,"
用手镂去了笔画间的雪花。

一夜的梦压得我沉重,
早晨还挣不掉我的梦,
你叫一声,"快起来看哟,"
我看见我的名字写在雪中。

昨　夜

昨夜我在你们的门外巡行，
　　　我生怕惊破了静寂的空气，
脚步下得很轻，几步又一停：
　　　你们睡了，你们的门儿紧闭，
　　　我只有向着远处走去，走去……

今晨你们从我的门外走过，
　　　你们的脚步我听得很明显，
听得出你们是谁，你们几个：
　　　我醒了，我的门儿也只虚掩，
　　　但是你们的脚步渐远，渐远……

夜行歌

我埋一个梦

我埋一个梦在迢迢的江南里，
无人知道那梦里的影子是谁的。
是一个秋夜，像天空的星星一样，
那梦才开始向我低低说着话的。
是一个冬夜，在白的积雪上，
它才开始含羞地写出它的美丽。
是第二年，像三月的桃花一样，
它谢了，我想忘记却是不能忘记的。

夜行歌

朋友，静静你的心，
黑暗中最好的是听：
　　不是我，也有行人，
　　脚步声渐响渐近。

别叫，假若传不到，
假若我声音太弱小：
　　你将收不着回响，
　　更加害怕，更加慌。

别慌，你闻闻路旁，
黑暗遮不了草的香：
　　她在沙砾中长大，
　　问她，怕黑暗不怕？

我也曾

我也曾有过并不狂妄的希望，
往梦里去索现实生活的赔偿，
但梦里仍是充满沉郁与烦忙，
给我的只有醒后的无穷怅惘：
我如今是失望于梦一样，
　　　失去了这一年里的春光。

我也曾听过人们欢乐的歌唱，
说春光是一年时光中的女王，
但于我总是这样平常又平常，
不能使我醉，又不能使我发狂：
难道又将失望于春一样，
　　　失去了我一生里的春光？

我不曾

我不曾察觉到春来春归，
只看过了一度花开花飞，
一切都曾在春醪里沉醉，
我斟饮的还是自己的泪：
　　而且不是沉醉呀只是昏迷！

树上的桃花已片片飞坠，
夹在书内的也红色尽褪，
你曾经饮过春醪几多杯？
你沉醉的人如今醉也未？
　　我的泪醒呀是永不会消退！

当　春

当春在花苞里初露了笑意，
我是去探问我青春的消息，
她答应我的话使我很欢喜，
她说："孩子，这真用不着担虑，
你想哪里有不开花的春季？"

当春在花朵里浮出了骄夸，
我又为我的青春去责问她，
但她这一下却陡然变了卦，
她说："哈哈，向你说句老实话，
在你的青春里是不会开花。"

当春在落花里踏上了归程，
我求她带去我不花的青春，
她拒绝的理由又这样气人，
"带去你的青春吗？不行不行，
因为她一朵花都还未开成。"

青春怨

一颗颗,一颗颗,又一颗颗,
我的青春像泪一样流着;
但人家的泪为爱情流着,
这流着的青春是为什么?

一朵朵,一朵朵,又一朵朵,
我的青春像花一样谢落;
但一切花都有开才有落,
这谢落的青春却未开过。

夜行歌

你若是

你若是用冷眼拂上我的身，
你会惊讶，我满身的骄傲之棱；
但你若是
把眼睛转成朋友似的相亲，
我会比你的眼光还要温驯。

你若是用眼睛凝视我的心，
你会惊讶，我满心的忧郁之云；
但你若是
也用心来相视，你就会看清，
有颗十九岁的欢乐的核仁。

拟古歌一章

不要月色，白雪照清路，
来啊，摇着你双臂夜寒！
记认河边三杈的柳树，
这儿是我，和我的小船。

双臂投给我，你定定心，
别担虑雪地里的足迹，
河水一会就重归于静，
隐瞒我们的船的消息。

风：你就静静睡在林中，
别从转侧里忽地欠伸，
惊动枝上积雪的轻梦，
和我怀里最胆小的人。

信任这小船，这一双桨，
它更忠实如我的手臂，
轻轻拍起流水的低唱，
到你眉儿垂覆着安睡。

你醒来的眼像句问话！

夜行歌

我的人,划到这儿才停?
我低头给你一吻回答:
划到我们的新的早晨。

      1932年,北平

希 冀

在这天高水澄,石上生凉露的秋天,
在那适宜于飘着轻快的夹衣的湖边,
薇薇,你爱不爱在那少人迹的地方小步,
你走不走上那曲折入深林的幽路?
铺在那儿的,不是黄叶不是清秋,
而是我发微光的希冀。它是那样消瘦
不能负载你轻足的践履,又那样痴心
渴想再骗取你一次脚步,用它的幽静。
记忆的门钥在你手里,你若愿意
就轻轻开启,我仍是跳着心在等你。
门上的屈戌也将跳着凄凉的欢欣,
已多久啊,它失掉了你手指的抚亲。

1932 年 12 月 21 日

古　意

你青春的声音使我悲哀。
我忌妒它如欢乐的流水声
睡在浅浅的绿草里，
如群星的银声坠落到
梦着秋天的湖心，更忌妒它
产生从你圆滑的嘴唇：
这颗有成熟的香味的红色果实
不知将被摘于哪只幸福的手。

对于梦里的一枝花
或一角衣裳的爱恋是无希望的。
无希望的爱恋是温柔的。
我害着更温柔的怀念病，
自从你遗下你明珠似的声音，
触惊到我忧郁的思想。

　　　　　　　　　　11 月 22 日

无 题

"黄昏已从林里走近身旁,
小鸟都鼓起归巢的翅膀——
薇,这还不是回家的时光?"
　　　　　"我们就举起脚步,
　　　　　　　等夜遮了路。"

"暮色已沉重地沾上外衣,
是什么使你默默地凝视——
又勾起了你陈旧的记忆?"
　　　　　"我望那粼粼的水,
　　　　　　　那枯的芦苇。"

"夜寒已偷偷地爬进袖内,
你还不觉得冷,还不想回——
啊,你怎么眼角里有泪?"
　　　　　"我是有一点儿凉,
　　　　　　　一点儿悲伤。"

夜行歌

三月十三日晚上

踏上你白石的桥，在圆月的银影中，
你长长地伴着，像远古园林之幽叹，
将带我的步履到一个辽远的新梦，
传说你的仙阙还是空寂的死之彼岸？

在石栏杆的第四十柱前，我伫立斜欹，
用手抚贴石髓里从无数夜吸取阴寒，
桥洞下双扉铁栅放出微闪的水之私语，
在沉默里说着沉默，从幽暗流向幽暗。

折一只白色的纸船，轻轻放下水中，
我还未全忘记童年手指之伶俐，
借波面的微风鼓满船头的小篷，
载我的深思到柳影的浓阴处去。

向远远对岸之深黑，我欲发一声呼唤，
但瞧不见一星灯火可回答我的孤零。
眼前一闪冷冷的鱼跃，溅起银的惊絮，
从波面继续的颤悸碎到我化石的幽情。

恋　曲

也许我是暗暗地恋着,
或者是旧的恋情的留延,
对于那寂寞的屋子。
我没有允诺它过什么约会,
但我常常去,且有定时地。

有过萤火虫在屋瓦上,
有过夏夜在槐花的庭院里。
但现在只有一些忧郁的窗,
瘦瘦的冷的树枝,
使它更加古旧的天色。

我恋着它,如恋着衰老的,
因衰老而更懂得爱情的女人,
疲倦的眼,憔悴的颜色,弱的呼吸,
都能使我恋的欲望亢进,
如在低的气压,低的温度里。

向爱情要甜的笑声,甜的泪。
我知道只有人的。
但我:一炉火,一点沉默,

夜行歌

一张长长的阴郁的脸，
就是我要的一切了。

何其芳诗选

初 夏

一夜雨声唤醒杨柳里的初夏,
　　叶叶垂着盈盈的新绿;
　　晓雨摇落一滴与芦浦,
也从湖水里高高地青到桥下。

我馋思远处曳出卖花的声音,
　　浸着昨夜细雨的迷湿;
　　一篮篮樱桃担上街市,
圆圆的红色饱含朝露的清新。

夜行歌

给我梦中的人

啊，你具有修眉，笑涡，剪水双眸之柔情，
我省识你是燕子所化，我梦中的人！
你束腰的单衫犹是羽翅的灰青，
双袖垂着红色的花格，渐下渐深。

那一把臂的相亲，我寂寞的记忆，
如一缕红丝长系在你幸福的臂际，
我的深情与想念不能筑一金屋贮你，
翻逐你的蹁跹向茫昧的远地飞去。

我是飞去多垂杨与湖水的江南，
那儿有游鞭戏棹，卖花声唱到春残，
有如烟细雨，芳草绿于窣地的画帘，
微风起处，有罗衫素手凝在秋千？

你还是飞去海南，栖息于灰暗的烟水，
苔蚀的岛岩间有你的旧巢，你可轻睡，
在海的花园里，你的轻翅低垂，
望见波里有无数银鱼嬉戏的尾？

我是在恹恹瘦损如离魂的倩女，

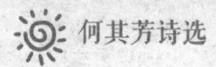

在风沙之关,不知日长成线,绿阴如许。
何时你重归来,我梦中的情侣,
让我以渴望的双手将你的纤腰高举。

细　语

是的，你说这是向晚的秋天，
你含愁的眉尖告语我。
淡淡地笑一笑吧，一个淡笑
就会使无数日子的暗影
从你眉间轻轻地掉下：
它现在是浓重地压在你眉头，
甚至压阴郁了你的目光。

不要默默得如一枝白茶花，
让我们来谈说我们的乡土：
那儿四季有明媚的日光，
快乐的风托着小鸟的翅，
花瓣上散着蜂蜜的味，
早晨是刚挤出的牛乳。
让我们口里流出那儿的空气来，
许于你的健康是有益的。
或者伸出你瘦小的素手来，
让我洒一点吻或是泪在它背上：
我的泪比我的吻更温暖。

暮 雨

暮雨生寒，窗纱太薄了
如檐前蛛网不胜坠珠……

壁上若挂有古桐琴
冷雨应变弦上声，
真要倩谁的手指取下来
奏一曲天际归舟，
日暮江雁低飞，

或是听流水呜咽
在巫峡旅途间，
三日苦雨，五日逆风，
虽无清猿啼在最高枝
总愁山外还有人吗
山外又白云外：
免得坐着想废苑里
绿萍遮满了池水，
画壁上的花也在零落。

8月18日改作

夜行歌

我的乡土

我要旷大的旷大的天空，
缓缓移在砖壁的光阴，
一池清水来养巨尾的青鱼
一点平静与寂寞来养我的心。
我的乡土是能够给我的，
我听见了它允许的声音。

我要竹声来荫小庭的盛夏，
鸠与鹊来告说雨晴。
枣实坠在它枝叶的荫下，
芍药在去年死处重生，
我说我就当田间的小涧，
潺湲声流不过一匹山岭。

我要健壮的草野的气息，
七月里遍地是成熟的黄金。
或许我更要无梦的夜，
知时会的风雨，护花的春温。
我的乡土都会允许我的，
我听见它呼唤的声音。

人类史图

我翻开了人类史图的一叶：

没有静睡的山脉和港湾。
没有深蓝的海洋和棕黄的高原。
只描绘着死去的时间，
并从它的黑影里闪耀着
或新或旧的血。

我的眼睛像哥伦布发现了树枝，
哦，一小点绿色。一棵菩提树。
瞿昙悉达多①是蜘蛛
从那枝叶下张着幽暗的网罟。

我又看见竖着十字架的骷髅地，
戴着荆棘的冠冕的人子，
和两个强盗一同钉死。

那一片血点起了焚烧异教徒的烈火
并流成了一道泛滥的长河，

---

① 瞿昙，梵语音译，又译乔答摩，后来瞿昙成为佛的代称。——编者注

 夜行歌

杀奔巴勒斯坦的十字军。

最后我望着一片炎热的沙漠,
一个牧童突然跃上战马,
右手执剑,左手执他杜撰的圣书。

       11月14日

梦　歌

吩咐溢流的月华涤清你的行程,
夜的胸怀为你的步履起伏得更柔美,
你裙带卷着满空的微风与轻云,
流水屏息倾听你泠泠的环佩。

你脩曼的丝发纷披着金色的群星,
如满架紫藤垂着璀璨的花朵,
那清辉照亮了人间每粒合眼的灵魂,
每颗心都开着,期待你抚慰的低歌。

梦呵,用你的樱唇吹起深邃的箫声,
那仙音将展开一条兰花的幽路,
满径散着红艳的蔷薇的落英,
青草间缀着碎圆的细语的珠露。

我的裸足微颤于盈盈不尽的奇遇,
欲伫又行的惴惧轻失了沿途的清新,
如慵的双臂垂着沉沉的惊异:
不能环抱无边的温柔,流着的欢欣。

密林的绿叶滴下令人酥醉的芳馨,

夜行歌

但饮干这杯杯灵酒呵我更清醒,
绿苔空平陈着诱人轻睡的锦茵,
还有更灵奇的林外在前招引。

白石的长堤伸直的静卧,
听着我的足音渐近竟不微惊。
说着什么甜蜜呵睡在它身侧的柔波,
可能语我王子的吻,仙女的漆睛?

我知最后等着的是一泓空莹,
你澄清的银镜照彻了我的心隐。
我觉到你的幽冷已浴没了我全身,
虽说你拥抱着的仅我痴凝的瘦影。

我觉到红茎的荇藻已抚着我两臂,
是什么媚香流泛在你皓洁的胸怀?
我真甘愿化作柔柔的一滴清水,
在你无边的蜜吻里深深安埋。

1932年9月17日

短歌两章

其 一

日头西沉了
又东升,希望
在你们的路上。

问我为何徘徊,
越过海又走遍沙漠,
挂念一个木窗亮着
红烛光,不是期待我
但我祝福?
　　　　　　我倦了
就休息在路上。一棵树
倒下时不择地方。

3月19日病中

其 二

沿着长锄柄
汗水流到泥土里,

夜行歌

长出了青的草，
黄的谷花。

贪婪的向土中发掘的
人呵，你将睡在地下。
又在墓墟里起高楼，
笑声杂着杯盘响，
欢乐使你们发狂了
又拔剑相向。

巨大的城将要崩坏，
埋在墓里的人将要起来。
大地老这样沉默才真古怪。

1934 年 3 月 29 日

砌 虫

听是冷砌间草在颤抖，
听是白露滚在苔上轻碎，
垂老的豪侠子彻夜无眠，
空忆碗边的骰子声，
与歌时击缺的玉唾壶。

是呵，我是南冠的楚囚
惯作楚吟：一叶落而天下秋。
撑起我的风帆，我的翅，
穿过日光穿过细雨雾
去烟波间追水鸟的陶醉。

但何处是我浩荡的大江，
浩荡，空想银河落自天上？
不敢开门看满院的霜月，
更心怯于破晓的鸡啼：
一夜的虫声使我头白。

1934年

夜行歌

枕与其钥匙

"沧浪之水清兮,"有人唱,
"卷梧桐叶以为杯,
一饮遂丧失了记忆。"

我不问谁的梦像草头露
作了我一夜的墓:
最怕月晓风清欲坠时,
失落了墓门的钥匙。
有人把枕当作仙人袖:
在袖内的壁上题着惜别字。
我不问从谁的梦里醒来,
自叹我的悲哀明净
如轻舟,不载一滴泪水。

1935年2月12日

何其芳诗选

奇 闻

小兔，小兔，在林中跑，
多么快活，多么灵巧！
渴了一起喝小溪的水，
饿了一起吃野菜，野草。

松鼠在树枝上跳来跳去，
小鸟唱着欢快的歌曲，
这和谐的世界像在赞美
这一对小兔的亲密，和睦。

一只白的雪一样白，
一只黑的缎子一样黑。
它们从来也不奇怪：
兔子生来有不同的颜色。

更不会想到这种怪事情：
白色要比黑色优胜，
黑色要比白色低劣，
黑白通婚要判徒刑。

有人从这对小兔的游戏，

描写到它们举行婚礼；
儿童们读了知道，自然界
并没有这些荒谬的禁忌。

一本小书引起大风波，
图书馆把这本书都点起了火。
这奇闻发生在什么地方？
就在二十世纪的美国。

1971年7月4日清晨

附注 十多年前，美国儿童读物作家、插画家威廉斯出版了一本儿童故事书《小兔的婚礼》，在美国南方引起轩然大波，后来那里所有图书馆都把这本书烧了。美国南方和西南二十九个州均禁止黑人和白人结婚。密西西比州的法律规定："任何个人、工厂或公司，凡印刷、出版或发行出版物，而该出版物主张提倡黑白通婚者，可被控非法，给予五百美元以下，或坐监六个月以下，或两者同时执行的处分。"这就是《小兔的婚礼》要予以焚毁的法律根据。黑人和白人通婚，有判徒刑三年、五年以至十年者，有一对黑白夫妇由牧师证了婚仍为非法，所有子女为私生子，不得有继承权者，有男方曾祖母为黑人，有"八分之一黑人血统"即被判刑者。

阅读拓展

我的第一个诗集即《预言》。那是1931年到1937年写的。那个集子其实应该另外取个名字，叫做《云》。因为那些诗差不多都是飘在空中的东西。在那篇诗里面，我说我曾经自以为是波德莱尔散文诗中那个说着"我爱云，我爱那飘忽的云"的远方人，但后来由于看见了农村和都市的不平，看见了农民的没有土地，我却下了这样的决心：从此我要叽叽喳喳发议论，我情愿有一个茅草的屋顶，不爱云，不爱月亮，也不爱星星。

——何其芳：《〈夜歌〉后记》

其芳最初发表《预言》一类诗，还显出他曾经喜爱神话、"仙话"的浪漫遗风。1936年在莱阳写诗，诗风又有了新的变化，转趋亲切、明快，不时带讽刺语调，虽然他没有海涅有时候表现出的调皮、泼辣。这倒正合海涅早期和后期诗的一些特色。所以他晚年对海涅诗入迷，完全可以理解。

——卞之琳：《〈何其芳晚年译诗〉代序》

何其芳是我国著名的、卓有建树的、始终为青年所喜爱的诗人、作家、文艺理论家和古典文学研究者。他最早的文学活动是写诗,后来写散文,然后转向文学批评与理论。由于从事作文教学,他研究诗的创作论与欣赏论。转到文学研究所以后,他又从事古典文学的研究工作。何其芳是聪明和有才气的,又肯下功夫,他在每个领域都作出了独创性的建树,可以说长时间里是文坛、学界的风云人物。然而,诗是他的出发点、归宿和基础,贯穿于他一生活动之中。

——蓝棣之:《〈何其芳诗全编〉前言》